재관람 카드의 비밀

최상아 글 ∘ 이윤희 그림

사□계절

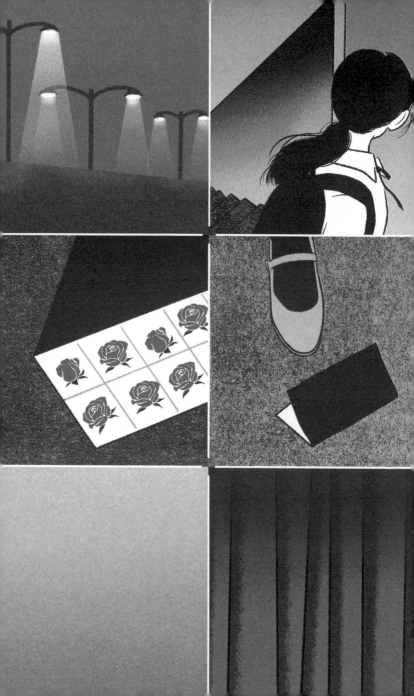

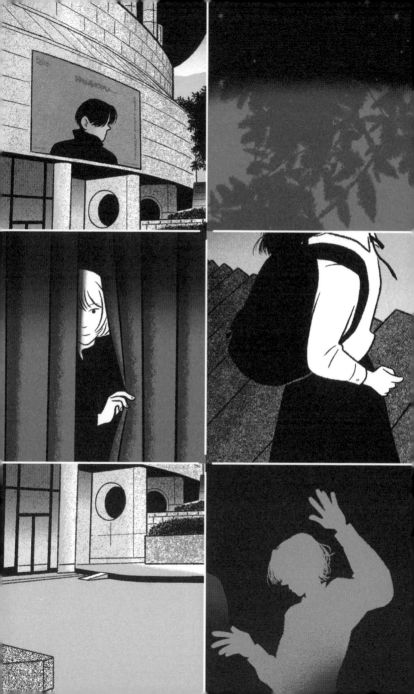

연극과 뮤지컬계를 관장하는 연뮤신은 나에게 본진으로 배우 강이빈을 점지했다. 그런 신이 있는지 모르겠지만 점지받았다고 표현할 수밖에 없다. 의지와 관계없이 운명적으로 일어나는 일이기 때문이다.

3년 전, 중학교 1학년이었을 때다. 겨울 방학을 맞아 아빠를 따라간 세종문화회관에서 사고를 당했다. 말 그대로 덕통사고였다.

전류가 핏줄을 타고 심장을 휘감는 느낌이

었다. 아빠는 내 표정이 그렇게 다양한 줄 처음 알았다고 했다. 꼼짝하지 않던 안면 근육이 제멋대로 움직일 만큼 감정이 쉴 새 없이 바뀌었다.

집에 와서도 상황은 다르지 않았다. 배우가 조명을 받으며 고개를 천천히 숙이는 모습이 머릿속에서 떠나지 않았다. 대사가 아닌 시선과 간단한 몸짓만으로 배우의 감정을 고스란히 전달받았다. 그건 잊을 수 없는 경험이었다.

주인공의 둘째 아들 역할을 맡은 강이빈은 무덤덤한 내 일상에 기적처럼 찾아왔다. 그날은 내가 본진을 점지받은 동시에 뮤지컬 덕후, 즉 뮤덕으로 다시 태어난 날이기도 했다.

"객석 입장 시작합니다."

안내 방송이 극장 로비에 울려 퍼졌다. 나는 재관람 카드에 확인 도장을 받았다. 공연을 볼 때마다 재관람 카드에 도장이나 스티커로 재관람을 확인받는다. 커피 쿠폰을 채우면 무료 커피를 받듯이 공연도 몇 번 이상 보면 할인권이나 포토북 같은 혜택이 있다. 꼭 혜택이 아니어도 나는 재관람 카드를 무척 소중히 여긴다. 공연 콘셉트에 맞춘 예쁜 카드를 보면 공연의 감동을 더 생생하게 추억할 수 있기 때문이다.

　도장이 번지지 않도록 조심하면서 표를 꺼냈다. 공연 시작 30분 전이지만 오늘은 빨리 들어갈 이유가 있다. 표를 산 날부터 아침저녁마다 문안 올리듯 예매 내역을 확인했다.

공연명: 팡파르가 울리는 날

예매번호: Y18218943801

예매자: 최시은

좌석: R석 1층 1열 10번

재관람 할인: 46,200원

연뮤신께 큰절이라도 올리고 싶다. 시험이 끝난 주에 본진 공연 1층 1열을 내려 주시다니. 감사합니다. 앞으로도 잘 부탁드려요.

1열에 앉아 무대를 바라보았다. 무대 바닥의 형광 테이프가 희미하게 보였다. 배우가 서 있을 곳을 가리키는 표시였다. 저곳에 본진이 서겠구나. 오늘 내가 앉은 1열은 표정 하나하나

놓치지 않을 자리다. 가슴이 두근거렸다. 나를 이토록 설레게 하는 건 없다.

오케스트라가 음을 고르는 소리가 그치고 곧이어 객석 불이 꺼졌다. 조명이 켜지는 동시에 본진이 긴 팔다리를 우아하게 움직이며 무대에 올랐다. 나는 숨을 멈추고 무대와 이야기와 음악에 집중했다.

유일하게 자유롭다고 느끼는 순간이 공연을 볼 때다. 새롭게 창조된 세계에 나도 얼굴을 디밀고 함께 있는 기분. 다른 생각이 끼어들 틈이 없다. 눈앞에서 본진이 춤을 추고 노래하고 있으니까. 이때만큼은 내 감정을 얼굴에 오롯이 드러내도 좋았다.

무대 위 본진이 멀리 떠나야만 하는 절절한

심정을 노래할 때였다. 눈물 버튼이 눌린 것처럼 내 눈에서도 눈물이 흘러내렸다. 숨죽여 흐느끼는데 발밑에서 웬 아지랑이가 피어올라 시야가 흐려졌다. 무대 구석에서 어둠이 몰려와 하나의 그림자를 만드는 것처럼 보였다. 조명이 비칠 때마다 그림자는 생생해졌다.

저게 뭐지? 나는 눈에 힘을 주고 검은 그림자를 바라보았다. 그림자가 슬금슬금 내 앞으로 다가왔다.

짧은 순간 오만 가지 생각이 머리를 스쳤다. 말로만 듣던 공연장 귀신인가? 연극 뮤지컬 게시판에서 봤던 그 극장 지박령?

검은 그림자는 서서히 형태를 갖추어 갔다. 동시에 귓가에 이중창이 들렸다. 출연 배우가 남자 둘뿐인 이 공연에서 절대 나올 수 없는 여자의 슬픈 목소리였다.

입덕 3년 차에 드디어 공연장 귀신의 목소리를 듣게 된 걸까. 온몸이 차가워지면서 턱이 덜덜 떨렸다. 이 와중에 그림자는 무대 바로 앞에 웅크리고 있었다. 자세히 보니 심지어 쭈그려 앉아 있었다. 공연을 보는 모양이다!

첼로 소리가 심장을 울리고 본진 목소리가 극장을 꽉 채운 중요한 이 순간에, 뭉클함과 그리움으로만 가득 차 복잡한 현실은 물론 내가 누군지조차 잊을 수 있는 특별한 이 순간에, 나는 그림자의 등을 노려보아야 했다.

공연 때마다 관람을 방해하는 관크가 한 번씩 있다. 보통은 주변 사람이 관크를 하는 관객에게 눈치를 주는데 지금 같은 상황에서는 어떻게 해야 할지 모르겠다. 귀신 관크에 대한 대처법이 따로 있을 리 없었다.

무서움이 잦아들고 점점 화가 치밀었다. 생애 최초로 시야 방해 없는 1열에서 본진을 볼 생각에 설렜는데 귀신이 앞을 가리다니.

주변 관객에게 방해되지 않도록 죽은 듯이 관람하는 건 뮤덕의 기본적인 태도다. 지금 나도 놀라서 펄쩍 뛰어오르고 남을 일인데도 영혼까지 끌어모아 참고 있지 않은가.

물론 그 기본자세를 지키려고 꼼짝 못 하는 건 아니다. 오늘 처음 스쳤거나 어쩌면 여러 번 마주쳤을지도 모르는 옆, 뒷자리 관객들의 마음을 알기 때문이다.

내가 그렇듯 이 공연이 잘되길 바라는 마음으로 표를 사고 오늘을 손꼽아 기다렸을 사람들을 방해하고 싶지 않았다.

내 앞의 귀신은 내가 감당해야 할 문제다. 나는 입술을 깨물며 귀신 관크를 잠재울 방법을 고민했다. 자리가 없어서 내 앞에 앉은 것까지야 그렇다 치지만 돈도 안 낸 귀신 주제에 노래까지 따라 부르다니 용서할 수 없다. 나는 눈을 부릅뜨고 그림자를 향해 발을 뻗었다.

내 기에 눌린 것일까?

지지지직. 조명이 흔들렸다. 그림자도 함께 흔들리다 사라졌다. 이 모든 상황이 꿈같았다. 나는 의기양양하게 다시 무대에 빠져들었다.

안녕, 언젠가 알게 되겠지. 내 이야기가 된 너의 이야기를.

본진의 마지막 대사로 막이 내렸다. 본진 시선이 다시는 만날 수 없는 곳으로 떠난 친구에게로 향하는 것만 같아 눈물이 또 쏟아졌다. 객석에 흐르는 울컥하는 분위기가 온몸으로 느껴졌다. 관객 전부가 멀리 떠난 친구를 함께 배웅하고 있었다.

손바닥이 빨개지도록 손뼉을 치면서도 무대 앞을 맴돌던 그림자가 머리에서 떠나지 않았다.

뭘까. 조명 때문에 그림자가 생겼나? 대기실 쪽 스태프가 비친 걸까? 목소리는 뭐지? 나는 이해할 만한 답을 찾으려 애썼다. 이 상황에 귀신이라는 말도 안 되는 결론을 내릴 수는 없다. 그림자가 아른거리던 자리를 다시 보았다. 아무것도 없었다.

"객석 마감합니다. 퇴장 부탁드립니다."

직원이 나를 수상하다는 듯 보고 있었다. 둘러보니 다른 관객들은 이미 다 나간 뒤였다.

"아, 죄송해요."

나는 계단을 두 칸씩 뛰어올랐다.

"재관람 카드 떨어뜨렸어."

출입구 바로 앞에서 아까 그 여자 목소리가 나를 불러 세웠다. 차가운 숨결이 느껴졌다.

"네?"

나도 모르게 소리치며 우뚝 섰다. 목덜미에

서 솜털이 스르륵 일어났다. 용기를 내 뒤돌아보았다. 그림자는 없었다. 나를 따라 걸어오던 직원이 놀란 얼굴로 서 있을 뿐이었다.

발밑에 재관람 카드가 떨어져 있었다. 나는 서둘러 재관람 카드를 주워 도망치듯 밖으로 달려 나왔다.

매표소 앞 계단에 상대 배우 팬들이 퇴근길을 기다리고 있었다. 몇 안 되는 강이빈 팬들은 구석에 몰려 있다. 본진 퇴근길에 동참하고 싶지만 나서기 꺼려졌다. 이 극장에서 내 교복을, 내 얼굴을 알아볼 사람이 없다고 해도 마찬가지다.

열일곱 살이나 먹었으니 감정을 솔직하게 표현해 봤자 상처만 받는다는 것쯤 알고도 남았다. 좋아한다는 건 약점이 되는 일이기도 했다. 가끔 학교에서 감정이 없는 애라고 오해도 받지만 나를 드러내고 싶지 않았다. 고개를 숙인 채 사람들을 뚫고 밖으로 나왔다.

전철역으로 걸어가면서 되뇌었다. 아까 그 직원이 알려 준 거겠지. 다른 소리가 날 리 없잖아. 하지만 재관람 카드를 떨어뜨렸다고 말해 준 건 분명 공연 때 노래를 부르던 여자 목소리였다. 아무리 교복을 입었다고 해도 직원이 내게 반말을 할 리도 없었다.

생각할수록 속이 상했다. 오늘 공연은 환상적이었다. 본진과 상대 배우는 물론이고 오케스트라 연주와 객석 분위기까지 전부 다 완벽했다. 상대 배우 팬들조차 본진이 잘했다는 걸

인정하는 눈치였다. 오랫동안 기억에 남고도 남을 날에 귀신 뒷모습만 아른거린다니. 공연 직후엔 공연의 여운만 곱씹어도 행복해서 배가 부를 판인데.

전철에서 연뮤 게시판에 접속했다. 공연이 끝나면 관객 중 누군가가 공연 제목 뒤에 끝을 붙여 끝 불판 게시글을 올린다.

댓글로 랜선 뒤 관객들과 오늘 공연의 느낌을 함께 나눈다. 익명 게시판이라 내 팬심을 솔직하게 드러낼 수 있는 곳은 이곳뿐이다.

공연마다 끝 불판이 줄줄이 올라와 있었다. 나는 '팡파르' 끝 불판을 찾아 들어갔다.

오늘 오케스트라랑 배우들 합 좋았다.

ㄴ 강이빈 다시 봤다.

오늘 배우 조합 좋더라.

ㄴ 둘이 잘 어울렸어. 고정으로 보려고.

ㄴ 찾았다 내 페어.

　게시판에 본진을 칭찬하는 비중이 늘어났
다. 입꼬리가 슬슬 올라갔다. 본진 팬이 많아
져서 무대에서 자주 볼 수 있으면 좋겠다. 차
기작이 언제 나올지 몰라 마음 졸이는 것은 괴
로운 일이니까. 나는 본진 칭찬 댓글에 2222를
달면서 혹시 귀신에 대한 언급이 있는지 찾아
보았다.
　연뮤 게시판에는 심심치 않게 귀신 목격담
이 뜬다. 그래스테이지의 통로 귀신이나 충정

로아트센터 계단에 상주한다는 댄스 귀신은 이미 뮤덕들 사이에서 유명세를 탔다. 가끔 끝불판에도 무대 구석에 서 있는 귀신을 보았다거나 목소리를 들었다는 댓글이 꽤 있었다.

가장 인상 깊었던 건 공연 스태프가 특정 공연을 따라다니는 존재에 대해 쓴 글이었다.

처음엔 극장 측에서도 뒷자리 표를 사서 빈 앞자리로 옮겨 앉는 메뚜기 관객인 줄 알았다고 했다. 한두 번이 아니어서 공연이 끝나자마자 주의를 주려고 했는데 흔적도 없었다나. 매표소와 로비의 CCTV를 확인한 스태프는 소스라치게 놀랐다고 했다. 메뚜기 관객은 어디에도 없었다. 공연이 시작하면 어느새 객석에 나타나고 끝나면 연기처럼 사라질 뿐.

그런 글을 심각하게 생각해 본 적 없었다. 흥미로웠지만 사실이라 믿지도 않았다. 하지만 오늘 나타난 그림자와 목소리는…….

백 개가 넘는 댓글을 다 보아도 귀신 이야기는 없었다. 본진 칭찬이 넘치는 와중에 귀신 이야기로 물을 흐릴 수 없어 연기가 좋았다는 말만 남겼다. 비록 귀신 관크는 있었지만 분명 아름다운 공연이었다.

마음을 가라앉히고 인스타그램에 캐스팅보드 사진을 올렸다. 실시간으로 좋아요가 늘어났다.

학교에선 눈에 띄지 않고 적당하게 모범적인, 세상 재미없는 애가 나다. 하지만 인스타그램 세상에선 나름 핫하다. 같은 극장에 있었다는 댓글이 달릴 때마다 혼자 보는 공연이 외롭지 않았다. 바로 친절하게 답을 했다.

저도 오늘 함께했습니다. 두 번 보니까 더 감동이었어요.
　└ 오늘 두 번째로 보셨어요? 자둘 하셨네요. 그래서 자둘 매직은 사이언스라고 하나 봐요.

나는 피드를 공연 사진으로 도배하면서도 본진이 누구라고 밝히는 것만은 하지 않았다. 왜 그런지 모르겠다.

얼빠나 광팬 취급받는 게 자존심 상해서? 후기에 본진 찬양이 섞였다는 삐딱한 시선을 받을까 봐? 그렇다고 해도 이렇게까지 본진이 없는 척하는 이유를 나도 모르겠다. 공연 후기를 올리는 뮤덕 계정을 만드는 정도가 내가 표현할 수 있는 마지노선 같다.

띠띠띠띠. 띠리링. 도어락을 해제하고 집으로 들어갔다. 적막한 공기가 나를 감쌌다. 파일럿인 아빠가 오늘 비행을 가서 앞으로 며칠 동안 집에 나 혼자 있어야 한다. 초등학교 고학년 때부터 혼자 있는 것쯤 아무렇지도 않았는데 오늘은 가냘픈 여자 목소리의 여운이 가시지 않았다. 방방마다 불을 켰다.

작년까지만 해도 아빠는 멀리 비행을 갈 때면 엄마를 집으로 불러도 좋다는 말을 빼놓지 않았다. 엄마가 언제든 와 주겠다고 했다나. 나와 아빠를 버리고 나갔는데 속도 좋게 연락

하고 지내나 보다. 그 얘기를 들을 때마다 넘어가지 않고 화를 냈다. 이제는 아빠도 포기했는지 말을 꺼내지 않는다.

나는 휴대폰에 저장해 둔 본진 노래를 틀었다. 낮고 몽환적인 목소리가 집 안을 울렸다. 본진 목소리는 언제 들어도 가슴을 파고든다. 토요일에 본진 공연을 또 보고 싶은데 작은 극장은 객석 수도 많지 않고 주말엔 자리가 더 없었다.

샤워하기 전에 티켓팅 산책부터 먼저 했다. 예매 사이트를 돌아다니며 취소된 표가 있는지 눈에 불을 켜고 봤다. 몇 군데를 뒤졌지만 역시나 빈손이다. 나는 음악을 틀어 놓은 채 머리를 감았다. 다 씻고 잠옷으로 갈아입는데 갑자기 음악이 뚝 끊겼다.

"뭐야?"

휴대폰을 보았다. 내가 손을 대지도 않았는데 예매 사이트에 접속되어 있다. 그것도 본진 공연 날짜다. 좀 전까지 매진이던 공연에 취소표가 하나 나타났다!

이상하다고 생각할 새도 없었다. 나는 서둘러 보라색으로 표시된 좌석을 선택했다. 누가 선점하면 어떡하지. 그러나 다행히 결제창으로 넘어갔다. 산책 성공이다!

나는 용돈이 얼마나 남았는지 확인했다. 아직 몇 번은 충분히 볼 수 있다. 여차하면 할머니께 추석 때 받은 돈을 쓰면 된다.

가난한 내가

아름다운 본진을 사랑해서

오늘 밤은 푹푹 통장에 구멍이 뚫린다.

본진을 사랑하고

통장은 푹푹 구멍이 뚫려 텅장이 되고

나는 혼자 쓸쓸히 산책을 한다.

　백석이 알면 비웃을지 몰라도 시적 화자의 나타샤가 나에겐 본진이다. 가난하건 말건 하루만 참으면 또 본진을 만날 수 있다. 예매 내역서를 보며 실실 웃었다.

　입장권이나 다름없는 2층 끝자리에라도 갈 수 있길 바랐는데 하물며 1층 3열이다. 소수의 강이빈 팬과 극성으로 유명한 상대 배우의 팬들이 눈에 불을 켜고 산책하고 있을 게 뻔한데 이런 행운을 잡다니. 설사 귀신 옆자리에서 봐야 한다고 해도 감지덕지다.

귀신은 표 걱정 없이 관람할 수 있으니 얼마나 좋을까. 본진 공연을 전부 보는 전관도 얼마든지 가능하겠지. 상상만 해도 짜릿하다. 돈도 시간도 없는 학생 뮤덕보단 백만 배 행복할 것 같다.

나도 죽으면 극장 귀신이 되고 싶다. 이왕이면 대극장과 중극장, 소극장이 전부 있는 아트센터나 적어도 3관까지 있는 곳이 좋겠다. 돌아가면서 다른 작품을 볼 수 있고 본진이 올 확률도 높으니까. 그때는 본진도 유명해져서 차기작이 줄을 잇는 배우가 될 거다.

그런데 어떻게 예매창이 저절로 뜬 거지? 표가 있는지 틈날 때마다 확인하는 수시 산책이 진리라지만 자동 산책은 처음이다. 휴대폰을 살피는데 휴대폰 케이스에 재관람 카드가 끼워져 있었다. 이상하다. 아까 극장에서 분명히 책가방에 넣었는데…….

책가방 앞 지퍼를 열었다. 처음 보는 재관람 카드가 툭 튀어나왔다. 낡고 해져 무슨 극인지 잘 알아볼 수는 없었지만 지난 3년 동안 본 극은 확실히 아니었다. 왠지 기분이 나빴다.

위잉위잉. 위이이잉. 위이이잉. 하필 그 순간 휴대폰 진동이 울렸다. 나는 깜짝 놀랐다. 액정에 아빠 전화번호가 떴다.

"아빠?"

나는 반갑게 전화를 받았다. 아빠는 미역국을 끓여 놓았으니 배고프면 먹으라는 말만 했다. 오늘만큼은 무서워서 통화를 길게 끌고 싶었다.

"아빠는 별일 없지? 다음 주에 오는 거지?"

"그래. 문단속 잘하고."

아빠는 평소와 같이 할 말만 하고 전화를 끊었다.

어쩔 수 없었다. 학원을 빼먹고 본진을 보러 갔다가 공연장 귀신을 봤다고 떠들 수는 없는 노릇이었다. 나를 혼자 둔다고 미안해하는 아빠를 걱정시킬 수는 없다. 그러다가 엄마 얘기라도 나오면 의만 상할 뿐이다. 아빠 목소리를 들으니 마음이 가라앉으면서 그제야 배가 무척 고팠다. 1열에 앉을 생각에 너무 흥분한 나머지 공연 전에 아무것도 먹지 못했다.

미역국을 데우는데 뒤에서 기척이 났다. 뭐지? 거실 창문 커튼이 살랑살랑 움직이고 있었다. 나는 거실 쪽 창문을 확인했다. 학교 가기 전에 닫고 나간 그대로다.

오늘따라 왜 이러는지 모르겠다. 나는 고개를 갸웃하고 다시 부엌에 가 미역국을 떴다.

그런데 식탁에 앉는 순간 뒷골이 서늘했다. 식탁 유리에 이상한 그림자가 비쳤다. 내 그림자 옆에 다른 그림자가 있다.

설마, 그림자가 이중으로 보이는 거겠지. 하지만 내가 기지개를 켜도 또 다른 그림자는 미동도 없었다. 극장에서 들은 목소리가 다시 뇌

리를 스쳤다. 소름이 쫙 끼쳤다.

이런 일이 일어날 리 없다고 마음을 달래면서 연뮤 게시판에 접속했다. 공연장 귀신에 관한 이야기를 다 찾아보았다. 귀신이 집까지 따라왔다는 글은 없었다. 오히려 극장 밖으로 나올 수 없다는 내용이 대부분이었다.

액정에서 눈을 떼지 않는 척하며 곁눈으로 옆을 살폈다. 그림자는 어느 틈에 사라지고 없었다. 나는 한숨을 내쉬었다. 식은땀이 삐질삐질 났다.

아무래도 시험 기간 동안 너무 스트레스를 받았나 보다. 환각이나 환청이 생길 만큼 공부했느냐고 묻는다면 자신 있게 대답하진 못하겠다. 그래도 최선을 다했으니 이게 그나마 그

럴듯한 결론이다.

나는 밥을 대충 먹은 다음 내 방으로 갔다. 책상 위 재관람 카드를 다시 한번 앞뒤로 살펴보았다.

낡고 시커먼 카드는 오랫동안 길바닥을 뒹굴 듯했다. 공연명이 지워진 데다 모양새가 엉성한 게 공식적인 재관람 카드 같지도 않았다. 연뮤 게시판에 잃어버린 사람을 찾는다고 올려 봤자 자작극이라는 의심만 받을 게 뻔했다.

마음이 복잡해져서 향초를 켰다. 작년, 본진이 인스타 라이브 방송에서 향초를 좋아한다고 해서 나도 따라 샀다. 불을 붙이자 은은한 라벤더 향이 방 안을 채웠다. 마음이 좀 가라앉으려는 찰나 촛불이 흔들렸다. 바람 한 점

없는 방에서 촛불은 어지럽게 춤을 추었다. 이런 일은 처음이다.

저것 때문인가? 시커먼 재관람 카드에 눈이 갔다. 상식적으로 재관람 카드 때문에 이상한 일이 생긴다는 건 말이 되지 않는다. 하지만 세상엔 설명할 수 없는 일도 일어나는 법이니까. 나는 낡은 재관람 카드를 쓰레기통에 던져 버렸다.

눈을 감고 라벤더 향을 들이마셨다. 오늘 공연의 좋았던 점만 기억하자. 마음을 다독이면서 눈을 떴다.

"악!"

시커먼 재관람 카드가 책상 위에 얌전히 놓여 있다. 분명히 버렸는데 이게 무슨 일인가.

내가 이상한 것일까. 그건 더 참을 수 없었다. 나는 재관람 카드를 태워 버리기로 했다.

향초에 재관람 카드를 갖다 대는 순간, 싸늘한 바람이 불었다. 촛불이 단번에 꺼졌다. 가슴이 터질 듯 뛰었지만 애써 아무렇지도 않은 척 다시 촛불을 켰다. 어디선가 구슬픈 목소리가 새어 나왔다.

"너무해."

그 목소리다. 차갑고 슬픈 기운이 훅 끼쳤다. 나는 펄쩍 뛰어올랐다. 공연장에선 음악과 이야기와 본진의 마법 덕분에 꿈처럼 느껴져 그나마 충격이 덜했다. 지금은 아니다. 손이 벌벌 떨리고 정신이 나갈 지경이었다. 다시 작은 목소리가 들려왔다.

"아까 산책 성공한 것도 내 덕분인데 왜 태워?"

오 마이 갓. 잘못 들었다고 우길 수 없다. 게다가 재관람 카드가 들썩들썩 혼자 오르내리면서 난리를 피웠다.

공연장에서 운이 없어 봐야 쉴 새 없이 움직이는 사람 옆에 앉거나 재관람 할인받을 티켓을 잃어버리는 것 정도다. 귀신을 집에 데리고 오다니. 나는 입이 떨어지지 않았다.

촛불이 꺼지고 희미한 연기 사이로 실루엣이 나타났다. 단발머리를 한 여자가 내 책상 위에 앉아 있었다. 나보다 대여섯 살 정도 많아 보였다.

차라리 기절이라도 하고 싶은 심정이었다.

여자 뒤로 벽지 무늬가 희미하게 비쳤다. 여자는 큰 눈으로 방 안을 이리저리 둘러보았다. 나는 여전히 소리 한 번 내지 못하고 떨기만 했다. 귀신이 나를 달래듯 물었다.

"너, 본진 강이빈이지?"

귀신을 만난다는 상상조차 한 적 없지만 이건 더욱이 예상치도 못한 질문이었다. 귀신이 다그쳤다.

"아니야? 전에도 교복 입고 와서 강이빈만 쳐다보던데."

내 눈빛에서 그렇게 티가 났나 보다. 아무리 숨기려고 해도 본진 무대 앞에서는 포커페이스가 불가능하다. 귀신은 눈을 반짝이며 내 대답을 기다렸다. 나는 본진을 좋아한다고 대답하기 망설여졌다. 좀 전에 읽은 연뮤 게시판 댓글도 나를 입 다물게 하는 데 한몫했다.

귀신 본 관객들아, 귀신이랑 엮이면 안 좋다. 보이거나 들리더라도 모르는 척해.

이미 들통난 분위기지만 나는 아무것도 보이지 않고 들리지 않는 척 가방을 챙겼다. 귀신이 더 가까이 다가와 해맑게 웃으며 외쳤다.

"내 본진도 강이빈이야."

이 와중에 시원하게 말할 수 있는 자신감이 좋아 보였다. 어디가 잘못됐는지 반가운 마음도 들었다. 내 마음을 알아챈 것일까. 귀신이 오늘 공연이 정말 멋지지 않았냐며 감탄했다.

순간 맞장구치고 싶었지만 마음을 다잡았다.
귀신에게 휘둘리면 안 된다. 귀신이 본색을 드
러냈다.

"부탁이 있어."

그러면 그렇지. 못 들은 척하길 다행이다. 저
러다 말고 얼른 사라지면 좋겠다. 내가 반응을
안 보이자 귀신은 초조한 모양이었다. 귀신이
나를 떠보았다.

"산책 성공하기 싫어? 내가 도와주면 앞으
로 표 구하기 쉬울 텐데?"

그 말에 솔깃하지 않았다면 거짓말이다. 뮤
덕들은 티켓 오픈 시간 전부터 예매 사이트에
접속해 전투태세를 가다듬는다. 고등학생인
나는 수업 시간에는 티켓팅 전쟁에 참여할 수

없다. 새벽마다 산책하며 남는 표를 줍는 게 최선이다.

무슨 일인지 일단 물어볼까? 마음이 갈팡질 팡했다.

"내가 대신 티켓팅 해 줄 수도 있어. 강이빈 차기작 표는 걱정 없을걸."

"차기작 있어요?"

나도 모르게 솔깃해서 대꾸해 버렸다. 귀신이 반가워했다.

"맞지? 네 본진 강이빈이지? 보는 눈이 있다, 얘."

나는 못 참고 3년 전부터 강이빈을 본진으로 모셨다는 말을 뱉고 말았다. 이런 식으로 덕밍아웃을 하다니. 귀신이 나를 보며 귀엽다고 깔깔 웃었다.

귀엽다고? 나는 입술을 깨물었다. 내가 말을 아낀 이유가 이거다. 진지하게 표현해 봐야 이 따위 취급이나 받는다. 나는 귀신을 노려보며 말을 돌렸다.

"진짜 차기작 있는 거죠?"

귀신이 고개를 끄덕였다.

"이런 걸로 어그로를 끌지는 않아. 나도 너 못지않게 기다리고 있다고."

말투에서 진심이 느껴졌다. 귀신이 말을 덧붙였다.

"곧 소식 뜰 거야. 대극장 조연이야. 부탁 들어줄 거지?"

대극장 차기작! 본진이 드디어 인정받기 시

작하나 보다. 무슨 작품일까? 설마 거짓말은
아니겠지. 기쁜 마음에 말문이 막혔다. 이런
줄도 모르고 귀신은 내가 관심이 없다고 생각
하는 것 같다. 내 표정이 한결같으니 그럴 수
밖에 없을 것이다. 귀신이 강수를 두었다.

"대극장 1열이 싫다면 관둬."

이 말은 흔들리는 돌탑 위에 올린 마지막 돌
맹이와 같았다. 내 인내심은 와르르 무너졌다.
나도 모르게 목소리가 올라갔다.

"뭔데요? 할게요!"

귀신이 씩 웃었다. 무섭게 생긴 얼굴은 아니
나 귀신이다 보니 섬찟하고 웃는 것도 꺼림칙
했다. 잠깐 후회하는 마음이 들려고 했지만 이
미 늦었다. 게다가 티켓팅의 유혹은 너무 강렬

했다. 귀신이 속삭였다.

"내 재관람 카드, 네가 태우려고 한 거 말이야."

나는 대답 대신 고개를 끄덕였다.

시커먼 카드엔 스티커를 채우는 열두 개의 칸이 있고, 각 칸에는 푸른 장미 스티커가 붙어 있었다. 스티커는 하나가 부족한 열한 개다. 어쩌라는 건지 도통 감이 잡히지 않았다.

귀신은 재관람 카드를 완성해야 한다는 말만 남기고 어디론가 사라졌다. 어이가 없었다. 재관람 카드를 채우는 게 죽고 나서도 해야 할 만큼 중요한 일인가? 이미 본진을 맨 앞 열에서 보고 있으면서?

팟! 형광등이 꺼졌다 켜졌다. 귀신이 없다는

것을 확인하자 긴장이 풀려 다리가 휙 꺾였다. 나는 바닥에 주저앉아 한숨을 내쉬었다.

믿을 수 없는 일이 일어났다. 꿈이라고 해야 말이 될 텐데 책상 위에 놓인 시커먼 재관람 카드가 존재감을 빛냈다. 무슨 극인지도 모르고 지금 공연하는 극도 아닌 것 같은데 어디가서 스티커를 받아 오라는 말인가. 본진 얘기도 했으면서 정작 중요한 말은 하지도 않고 혼자 1막을 끝내고 인터미션에 들어가는 건 무슨 경우 없는 행동인지 모르겠다.

새벽 1시 잠이 들 무렵까지 귀신은 다시 나타나지 않았다.

"야, 일어나."

아침에 카랑카랑한 목소리가 나를 깨웠다. 귀신이 책상 위에 앉아 나를 보고 있었다. 잠이 확 달아났다. 나는 벌떡 일어나 욕실로 달려 나갔다.

"악!"

귀신이 욕조에 서서 나를 기다리고 있었다. 놀라서 욕이 튀어나오려는 것을 꾹 참았다. 귀신이 해코지라도 하면 곤란하니 친절하게 대하지는 못하더라도 험한 말만은 하지 않으려고 노력했다. 귀신이 재미있다는 듯 나를 바라보았다. 나는 떨리는 목소리로 물었다.

"그 공연, 무슨 공연이에요? 다 지난 재관람 카드를 어떻게 채워요?"

"좀 기다려. 그것보다 오늘 차기작 기사 나

올 것 같아. 티켓팅 날짜까진 시간이 좀 남았
잖아."

　그때까지 같이 지내야 하는 건가. 갑자기 튀
어나오지만 않는다면 그런대로 참을 수 있다.
본진 공연 1열이면 방이라도 내줄 수 있으니
까 못할 것도 없다. 대신 다음 주에 아빠가 집
에 오니까 그 앞에서는 말 걸지 말라고 경고를
날려야겠다. 양치질하고 돌아보니 귀신은 다
시 온데간데없었다. 어디로 갔지. 정말 제멋대
로다.

　양심은 있는지 학교까지 따라오지는 않을
모양이었다. 다행이다. 괜히 귀신과 상대하다
학교에서 이상하다는 소리라도 듣게 된다면
곤란하다. 학교에선 눈에 띄지 않고 묻어가는

게 최고다. 매사 열심히 하는 모범적인 학생 코스프레를 잘해 왔기 때문에 가끔 땡땡이를 쳐도 원활하게 넘어갔다. 본진 대극장 차기작을 앞두고 있는 지금, 범생이 역할을 더욱 잘 수행해야 했다.

점심시간이 되자 인스타그램에 소식이 떴다. 귀신이 예언했던 대로 본진의 차기작 발표였다! 소리 지르며 뛰어오르고 싶은 마음을 간신히 억누르고는 입술을 꼭 깨물었다.

뮤지컬 '돌아갈 수 없는 나라' 캐스팅 라인업!

4년의 기다림 끝에 재연으로 돌아오는 뮤지컬 '돌아갈 수 없는 나라'가 캐스팅을 공개했다. '돌아갈 수 없는 나라'는 역사적 사건을 세련된 감각으로 재해석했다는 평을 받았으며…….

　현실과 이상 사이에서 갈등하는 비운의 작가 역에 강이빈, 고대현이 이름을 올렸다.

　대극장에서 앙상블이나 다름없는 역할을 맡았던 본진이 어엿한 주연급 조연이 되다니. 역시 내 안목은 틀림없다. 본진이 자랑스럽고 내가 본진의 팬이라는 사실도 감격스러워서 아무나 붙잡고 하이 파이브를 하고 싶은 심정이었다.

　"시은아, 학원 가기 전에 시간 있어?"

　누군가가 나를 불렀다. 고개를 들어 보니 학원에서 몇 번 마주친 적 있는 조유민이다. 순식간에 평소의 무뚝뚝한 나로 돌아왔다.

"아니. 어제 학원 결석해서 보충 있어. 왜?"

"카페 들렀다 학원에 갈까 해서. 나 커피 두 잔 기프티콘 생겼거든."

나는 물어봐 줘서 고맙다고 대꾸하면서 자리를 피하려 했다. 그런데 조유민이 뜻밖의 질문을 했다.

"내년에 연극반 들어오지 않을래?"

"뭐?"

조유민은 내가 대본집을 읽는 걸 보았다고 했다. 대본집을 읽으면서 본진의 목소리나 표정을 그려 보는 것을 좋아할 뿐인데 배우 지망생이라는 오해를 산 모양이다. 나는 고개를 저었다.

"그냥 읽어 본 거야."

조유민은 순순히 넘어가지 않았다.

"연출 전공하려는 애들이나 희곡 작가가 꿈인 애도 있어. 배우나 작가 팬들도 있고. 난……."

"아니야."

조유민의 말을 끊고 복도로 나갔다. 다급한 목소리가 따라왔다.

"관심 있으면 말해 줘!"

쟨 왜 저렇게 큰 소리로 광고하는 거야. 다른 애들 앞에서 뭘 좋아한다는 티 내는 거 딱 질색인데. 성가시고 당황스러웠다.

음악실 앞, 애들이 없는 조용한 계단에서 제작사 인스타그램을 살폈다. 청소년 할인이 적용되는 좌석은 2층 뒤쪽부터고 VIP석은 십만

원을 훌쩍 넘겼다. 귀신이 표를 잡아 준다고 해도 여러 번 가기는 힘들겠다.

할인석으로 몇 번 보고 한두 번은 아빠 찬스를 써야겠다. 아빠는 내 덕통사고에 책임이 있으니 기꺼이 같이 가 줄 것이다. 일단 30퍼센트 할인하는 프리뷰 공연을 노리기로 마음먹었다. 그 정도는 귀신이 해 주겠지.

보충 수업까지 마치고 집에 돌아왔을 땐 10시가 넘었다. 돈을 아끼려고 저녁을 안 먹었더니 배고파 죽을 지경이었다. 어제 먹다 남은 미역국을 데워 막 한 숟갈 뜨는데 귀신이 스르륵 옆으로 다가왔다.

"밥 안 먹었어? 뭐라도 사 먹지."

깜짝 놀라 사레들 뻔했다. 나는 물을 한 모금

마시고 침착한 척 대꾸했다.

"차기작, 대극장 극이잖아요."

귀신 눈빛이 아련해졌다.

"하긴. 나도 그랬었지. 뮤지컬에 발을 들이면 용돈은 모자라게 되어 있어."

그건 모든 뮤덕의 공통된 사정이다. 다른 곳에 돈 쓸 틈이 없어진다. 보고 싶은 공연이 줄줄이 생겨나기 때문이다. 본진이 공연하면 본진 공연을 여러 번 보는 회전 관객이 되고 본진이 쉬는 기간이면 차기작을 기다리며 다른 공연을 기웃거린다. 이래저래 통장은 텅장이 되는 것이다. 나는 국에 만 밥을 입에 퍼 넣으며 물었다.

"근데 내일 공연 보러 갈 때 재관람 카드 가

져가면 돼요?"

귀신이 비웃었다.

"그걸 말이라고 해? 도장 받아야지."

"내 재관람 카드 말고! 그 시커먼 카드는 무
슨 극이에요? 앞에 공연명도 지워졌던데."

귀신은 생각에 빠진 듯 대답하지 않았다. 나
는 조용히 불평했다.

"말을 해야 공연 제작사 쪽에 문의라도 하
지. 자기도 까먹은 거 아니야."

귀신이 정색하고 나를 보았다. 나는 움찔하
며 밥그릇에 코를 박았다. 귀신이 웃었다.

"극장에서 나 보는 사람은 간혹 있는데 너
처럼 내 목소리까지 듣고 화내는 애는 처음 봤
어. 따라와도 괜찮을 것 같더라."

이럴 줄 알았으면 가만히 있을 걸 그랬나. 아니다. 나는 마음을 고쳐먹었다. 내일 본진을 볼 수 있는 건 다 귀신 덕분이다. 감사할 뿐 후회는 없다. 귀신이 거실을 두리번거리면서 말했다.

"너 혼자 있어서 눈치 볼 것 없는 점도 마음에 들어."

"다음 주에 아빠 오면 이렇게 말 못 하니 그런 줄 아세요. 딴소리 말고 그 재관람 카드에 스티커 받는 법이나 말하라고요."

"줄 수 있는 사람이 너밖에 없었어. 살아 있는 사람하고 대화한 건 네가 처음이야."

살아 있는 사람. 새삼 귀신과 있다는 실감이 났다. 나는 연뮤 게시판에서 읽은 글이 사실인지 궁금했다.

"극장에 귀신 많아요?"

귀신은 신나서 대답했다.

"너, 죽는다고 공연 안 보고 싶을 것 같아?
나 같은 애들이 한둘이 아니야. 나도 죽기 전
엔 믿지 않았지."

"진짜요? 난 그쪽밖에 못 봤어요."

"일부러 보이려고 애를 써도 사람들이 볼까
말까야. 우린 본진이 같아서 통한 건가?"

본진 얘기만 나오면 귀신의 얼굴이 반짝반짝
빛났다. 기분이 좋아 보이는 틈을 타 물었다.

"그런데 다 지난 재관람 카드는 채워서 뭐
해요?"

귀신이 아련한 눈빛을 발사했다.

"다 채워서 전하고 싶은데 본진 공연을 직접 보지도 않고 스티커를 붙이는 건 싫어서 고민이야."

무슨 말인지 알 것 같다. 오래전 재관람 카드를, 그것도 빈칸을 남겨 준다면 본진이 자신의 무대에 실망해서 안 본다고 오해할 수 있다. 내가 귀신 입장이라면 전하지 않을 것이다. 뭐, 다 나름의 사정이 있는 거니까. 나는 더 깊게 파고들지 않고 다른 이야기를 꺼냈다.

"저는 3년 전부터 본진 공연을 봤거든요. 혹시 데뷔할 때부터 봤어요?"

귀신은 신이 나서 내가 못 본 본진의 앙상블 시절에 대해 떠들기 시작했다.

"춤을 추는데 거의 발레리노 수준이었어.

등을 돌리고 있어도 무슨 말 하는지 알 것 같
고⋯⋯."

나도 신나서 맞장구를 쳤다.

"맞아요. 배우는 몸으로도 연기한다는 걸 본
진 보고 알았어요."

귀신이 나를 치켜세웠다.

"대단하다. 난 그걸 대학교 졸업할 때나 알
았는데 고등학교 1학년이 벌써 알고 있다니."

나도 받은 칭찬을 돌려주었다.

"앙상블 때 한눈에 알아보신 분이 대단하
죠."

"그래. 볼 수 있을 때 많이 봐. 살아 있을 때
내 유일한 위로는 본진 공연이었어."

유일한 위로. 나도 그렇다. 귀신이 극장을 맴

돌 수밖에 없는 이유를 알 것 같았다. 나라면 마음으로만 본진을 응원하고 재관람 카드를 굳이 전하지 않겠지만 극장을 떠나지 못하는 마음만은 충분히 이해할 수 있었다.

내 분위기가 심상치 않게 느껴졌는지 귀신이 말을 돌렸다.

"근데 '팡파르가 울리는 날' 음악도 본진하고 잘 어울리지 않아?"

"네. 음색도 잘 맞아요."

"맞아. 캐릭터 해석도 딱이야. 다른 귀신들도 다 그 얘기 하더라."

끝 불판에나 썼을 이야기를 직접 나누니 무척 새로웠다. 상대가 귀신이어서 내 감상을 조금은 편하게 말할 수 있는 것 같다. 귀신 덕친이 생기다니. 나와 반대로 귀신은 같은 처지의 덕친들도 꽤 있나 보다. 조명 꺼진 빈 무대에 옹기종기 앉아 본진 칭찬이라도 한 걸까.

그렇다면 역시 죽어서도 자리는 잡기 어렵겠다. 어딜 가나 경쟁이 치열한 세상이다.

위이이잉. 휴대폰이 울렸다. 보나 마나 아빠일 줄 알았는데 조유민이다.

시은아! 너 전에 보던 대본집 '팡파르가 울리는 날' 맞아? 너 뮤지컬 좋아하는구나? 뮤지컬 배우 누구 좋아해?

애도 참 끈질기다. 내 짧은 대답을 들었으면 내가 별로 말하고 싶지 않다는 것쯤 알아챘을

텐데. 뮤지컬을 좋아한다고 해 봐야 취향 독특하다거나 돈 많이 들겠다는 소리만 따라온다. 솔직하게 대답해서 기분 상할 필요가 없었다. 이런 애들한테 낚일 시기는 지났다. 어림없지. 나는 냉정함을 유지하며 공연 보는 걸 좋아할 뿐이라고 답했다.

지잉. 방 안의 공기가 진동하면서 귓속이 울렸다. 귀신이 냉랭한 얼굴로 나를 쏘아봤다.

"본진 말 안 해? 왜 속여?"

"뭘 속인다고 그래요?"

나는 시선을 내리깔았다. 귀신이 이죽거리며 바라봤다.

"본진 없는 척은 왜 해. 인스타만 봐도 강이빈 고정으로 보는 거 다 티 나."

"1년에 뮤지컬 한 번 볼까 말까 하는 머글한 데 본진 얘기해서 뭘 해요? 얜 알지도 못한다고요."

지기 싫은데 목소리가 작아졌다. 귀신은 더 기세등등하게 나를 몰아세웠다.

"본진이 있으니 덕질도 더 즐거운 거지. 친구가 묻는데 말 좀 하면 어때. 좋아하는 게 뭐 부끄러운 일이라도 되냐."

참는 데도 한계가 있다. 나는 발끈해서 소리를 질렀다.

"무슨 상관이야? 본진 좋아한다는 거 알리고 싶어서 공연 중에 노래하는 사람은 이해 못하겠지. 아니, 사람도 아니잖아. 귀신 관크나 하는 주제에!"

귀신이 열받았나 보다. 형광등이 지지직 소리를 내며 깜박거렸다. 무섭지만 여기서 물러서면 안 될 것 같았다.

나는 항상 완벽한 사람이 되도록 애썼다. 똑같이 잘못해도 엄마와 살지 않는 나를 걸고넘어지는 꼴을 몇 번 당하고 나서는 조금의 빈틈도 보이지 않으려고 노력했다.

누구도, 귀신이라도 나에게 이래라저래라 할 자격은 없다. 내가 얼마나 힘들게 견디는지 알지도 못하면서. 공연 볼 때 빼고는 책잡히는 일 없도록 몸에 힘을 바짝 넣고 지내는데 귀신이 뭘 안다고 연설인가.

나는 있는 용기 없는 용기 다 끌어내어 철벽을 쳤다. 그만두지 않으면 재관람 카드를 찢어

버리겠다고 협박도 서슴지 않았다.

파팟. 형광등이 환하게 켜졌다. 입김이 나올 만큼 차가워졌던 공기도 누그러지는 듯했다. 귀신이 고개를 절레절레 흔들었다.

"참, 대단하다. 좋아한다고 말하는 게 어때서."

죽었으니 두려운 것도 없겠지. 쏘아붙이려다가 그만두었다. 두렵다고? 뒤통수를 한 대 맞은 것 같았다. 왜 두렵지? 귀신하고 대거리도 마다하지 않는 나인데 뭐가 무서운 걸까. 마음이 복잡해져서 방으로 들어가 누웠다.

하필이면 왜 두렵다는 말이 나오려고 했을까. 이유를 알 수 없어서 더 복잡했다. 귀신의 목소리가 귓가에 맴돌았다.

'좋아한다고 말하는 게 어때서.'

감정을 솔직하게 드러내도 상대는 내 마음을 그대로 받아들이지 않았다. 내 의도와 다르게 오해나 어설픈 공감 따위 받기 싫어서 마음을 표현하지 않고 지냈을 뿐이다. 그런데 되짚어 보니 그 이유만이 아니었다. 누군가에게 좋아한다고 말하는 내 모습을 떠올리면 두려움이 앞섰다. 도대체 왜?

이불을 머리끝까지 덮어썼다. 문이 열리고 노트북 전원이 켜지는 소리가 들렸다.

혼란스러운 마음도 다 저 귀신 때문이다. 본진 공연 티켓팅만 끝나면 무슨 수를 써서라도 내쫓을 테다. 이불을 살짝 내리고 흘겨보았다. 노트북 불빛이 귀신과 겹쳐져 불규칙하게 흔들렸다. 어휴, 끔찍해서 다시 이불을 썼다.

이불 속에서 휴대폰으로 귀신 쫓는 법을 검색하다 잠이 들었다. 꿈에서 팥과 소금, 복숭아나무 가지가 떠다녔다.

다음 날, 알람이 울리기 전에 눈을 떴다. 본진을 보는 날이다! 어디선가 귀신이 득달같이 나타나 자신이 준 재관람 카드도 챙기라고 했다.

"가방에 넣었어요."

나는 일부러 눈도 마주치지 않았다. 어제는 귀신 때문에 이성을 잃고 소리까지 질렀다. 내가 할 행동이 절대 아니었다. 더 이상 휘둘리지 말아야 한다.

학원 수업을 마치고 대학로로 갔다.

극장 로비에 들어서자 가만히 있던 귀신이 슬금슬금 말을 걸었다.

"오늘 공연 좋을 것 같다. 너 재관람 도장 한 번 더 받으면 포토 카드 받겠네?"

이렇게 생생한데 다른 사람들한테는 보이지도 않고 들리지도 않다니. 내가 이상한 것은 아닌지 슬슬 불안한 마음도 들었다.

본진 차기작 소식이나 자동 산책 사건을 생각하면 특별한 경험을 하는 것이 틀림없지만 전부 우연이라면? 다 낡은 재관람 카드를 만지작거리며 정신을 가다듬었다. 이것처럼 귀신도 진짜야.

내 불안함과 상관없이 귀신은 극장에 들어서자마자 물 만난 듯 쉴 새 없이 조잘거렸다.

극장에 와서 무척 설렌 모양이다. 그 마음이야 백번 이해한다. 하지만 나는 아직 편안하게 이야기를 나눌 준비가 되어 있지 않았다. 나는 귀신의 말을 무시하고 캐스팅보드 사진을 찍었다. 공연명 '팡파르가 울리는 날' 밑에 본진이 아련한 눈빛으로 턱을 괴고 있다. 멋짐이 뚝뚝 흘러넘쳤다.

"야, 한 장 더 찍어. 아까 흔들린 것 같은데?"

귀신이 참견했다. 아예 없는 듯 대하려고 했는데 나도 모르게 조용히 하라는 말이 툭 튀어나왔다. 내 옆에 서 있던 몇몇 사람들이 나를 힐끔 보았다.

나는 얼른 안으로 들어가 자리를 찾았다. 3열은 무대와 눈높이가 딱 맞아서 좋았다.

"자리 마음에 들지? 다 내 덕이야."

귀신이 들뜬 목소리로 생색을 냈다. 다른 건 몰라도 이 자리에서 공연을 볼 수 있는 것만큼 은 감사해야 하는 게 맞다.

"고마워요."

나는 다른 사람들에게 들리지 않도록 조그 만 소리로 인사를 했다.

객석 불이 꺼지고 조명이 무대를 비추었다. 본진이 등장했다!

공연마다 배우들은 디테일에 변화를 주어 서사를 새롭게 만든다. 그 덕에 관객의 해석과 감동도 매번 신선할 수밖에 없다. 오늘은 어떤 느낌을 받게 될까. 가슴이 두근거렸다.

낮은 첼로 소리와 어우러지는 노래에 눈물

이 샘솟았다. 귀신은 보이지 않았지만 내 옆에
서 나와 같은 감정으로 무대를 바라보고 있다
는 게 느껴졌다.

공연의 감동은 살아서나 죽어서나 설레는
일이 틀림없었다.

안녕, 언젠가 알게 되겠지. 내 이야기가 된 너의 이
야기를.

마지막 대사와 함께 참았던 울음이 터져 나
왔다. 상대 배우가 가녀린 소년 같아서 여느
때보다 더 마음이 아팠다. 본진도 지난 공연보
다 더 많은 눈물을 흘린 것 같았다.

퉁퉁 부은 눈으로 일어서는데 귀신의 목소

리가 들렸다.

"지금 화장실 들렀다가 와. 시간 좀 끄는 게 좋아."

"가기 싫은데."

자연스럽게 대꾸했다가 또 이상한 사람이 되었다. 댁들한테 안 보이는 존재가 있다고요. 나는 뻔뻔하게 고개를 들고 화장실로 갔다. 관객들이 떠나고 로비가 조용해지자 귀신이 나를 찾아왔다.

"이제 주차장 가는 엘리베이터 타."

로비엔 몇몇 관객과 극장 직원들만 있었다. 전에 내가 놀라게 한 직원도 보였다. 귀신과 실랑이하는 모습을 들키기 싫어 찍소리 않고 엘리베이터에 탔다. 엘리베이터는 주차장으로 내려가다 한 번 멈춰 섰다.

"어머!"

열린 엘리베이터 문 앞에 선 사람은 본진이었다. 눈이 여전히 빨갰다. 나는 얼음이 되고 말았다. 본진이 쑥스러운 듯 웃으며 인사했다.

"공연 잘 보셨어요?"

귀신이 속삭였다.

"괜찮아, 말해. 팬이라고."

마음속으로 이미 백만 번 외쳤다.

3년 전부터 배우님 공연을 봤답니다. 배우님이 저를 모르실 뿐 우리는 오래된 사이예요.

하지만 내 입술은 움직일 줄 몰랐다. 귀신이 포기한 듯 자기 재관람 카드나 주라고 했다.

"지금? 완성 못⋯⋯."

본진을 앞에 두고 귀신과 말할 수 없어 입모양으로 물어보는데 귀신이 내 말을 잘랐다.

"뭐라고 할지 가르쳐 줄 테니까 그냥 줘."

나는 가방을 뒤져 시커먼 재관람 카드를 꺼내 펴 보였다. 푸른 장미 스티커 열한 개가 빛났다. 본진의 목소리가 떨렸다.

"이, 이걸 어떻게……."

나는 뭐라고 말해야 할지 몰라 가만히 있었다. 귀신한테 받았다고, 귀신이랑 나는 본진이 같다고 대답할 수는 없었다. 게다가 그 본진이 바로 앞에 있는 배우님이라고 한다면 이상한 덕후가 될 판이었다. 귀신이 싸늘한 손가락으로 내 입을 막으며 속삭였다.

"나 죽었다고 말하지 마. 어디 갔다고 그래."

나는 숨을 한 번 들이쉬고 입을 열었다.

"언니가 유학 가면서 전해 줬어요."

본진은 무척 감격한 듯 보였다.

"이걸 지금까지 가지고 있었대요?"

나는 어정쩡하게 웃으며 귀신을 힐끔 보았다. 귀신은 내가 뭐라고 하는지 관심이 없어 보였다. 본진을 향해 주먹을 꼭 쥔 채 파이팅 자세만 취할 뿐이었다.

땡, 하는 소리와 함께 엘리베이터 문이 열렸다. 본진이 먼저 내리라고 손짓했다. 그리고 나를 따라 내리며 물었다.

"주희 누나 동생이에요? 이 카드 만든 사람, 주희 누나인데……."

이건 제작사의 공식 재관람 카드가 아닌 귀

신이 직접 만든 카드였다. 본진은 자신의 앙상블 시절 첫 팬이 주희 누나였다고 말했다. 몇 개의 공연에 앙상블로만 참여하는 처지였으나 당시 단독 대사 한 마디 없는 자신을 보러 온 팬이 있다는 게 늘 든든했다고.

"이 카드, 누나가 공연에 올 때마다 보여 줬어요."

흐흐흑. 귀신이 곡소리를 냈다. 본진이 말하는 주희 누나가 귀신이라는 것은 의심할 여지가 없었다.

본진은 주희 누나의 재관람 카드를 받아서 무척 기쁘다고 했다. 그 누나가 버젓이 옆에 있는데 정말 아무것도 안 보이나 보다.

귀신이 울먹였다.

"마지막 스티커는 가장 큰 장미를 붙여 주고 싶었는데……."

뭐? 나는 눈에 힘을 주고 귀신을 보았다. 늦게 전하게 된 이유를 먼저 말해 줘야지. 사연이라도 미리 알려 줬으면 적당히 꾸며 대기라도 할 텐데. 다짜고짜 카드부터 꺼내서 수습할 방법이 막막했다.

귀신은 본진을 보며 두 손을 모으고 서 있었다. 분위기가 심상치 않아 나는 언니가 급하게 출국하느라 잊고 갔다고, 동생인 내가 쭉 가지고 다녔다는 말을 지어냈다. 거짓말을 하면서도 눈물이 났다. 미처 다하지 못한 응원을 지금까지 품고 있던 귀신의 마음이 고스란히 느껴졌다.

팬이 되어 응원한다는 건 이런 것일까. 따뜻하고 포근한 바람이 본진과 귀신을 감쌌다. 이 순간만큼은 삶과 죽음의 차이가 중요하지 않았다. 지쳐 있던 본진의 얼굴에 환한 빛이 돌았다. 귀신의 힘, 아니 팬심의 힘이었다.

나도 저 부드러운 바람에 함께 휩싸이고 싶었다. 입 속에서 하고 싶은 말이 빙빙 돌았다. 저도 팬이에요. 공연 볼 때마다 행복하게 해 주셔서 고마워요. 오랫동안 간직해 온 진심인데 입 안에서만 맴돌며 밖으로 나올 줄 몰랐다.

굳이 좋아하는 마음을 표현할 필요는 없다고 생각해 왔다. 마음은 아무런 힘이 없었다. 엄마가 떠날 때도 마찬가지였다. 엄마가 좋다고 소리쳐 봐야 엄마를 막을 수 없었으니까.

하지만 다른 세상에서조차 서로 마음을 주고받는 저 둘을 보니 나도 내 마음을 말하고 싶어졌다. 일단 사인을 받아야겠다. 떨리는 손으로 볼펜을 꺼내다 지난 공연 티켓들이 바닥에 흩뿌려졌다.

"제가 도와 드릴게요."

본진이 공연 티켓을 주웠다. 나는 티켓들을 가리키며 전부 다 본진이 공연한 날짜라고 했다. 본진이 환하게 웃었다. 나는 볼펜을 내밀었다.

"사인해 주세요."

본진은 친절하게 사인을 하고 함께 사진도 찍어 주었다. 가슴이 터질 것 같았다. 나와 본진 사이에도 훈훈한 바람이 불었다. 귀신이 부

추겼다.

"전부터 팬이라고 말해."

평소의 나라면 절대 하지 않을 말이 입에서 튀어나오고 말았다.

"중, 중학교 때부터 좋아했어요. 차기작도 보러 갈 거예요."

본진은 진심으로 고마워했다.

"요즘 부쩍 힘들었는데 정말 기운이 나네요."

나는 귀신, 아니 주희 언니가 왜 재관람 카드를 전하려고 애썼는지 완전히 이해할 수 있었다. 본진이 고개를 숙였다.

"팬이 되어 주셔서 감사합니다. 그리고 주희 누나 카드 전해 주신 것도 정말 고마워요."

나와 주희 언니는 본진을 배웅하고 돌아섰다.

우리 둘만 남자, 언니의 모습이 물결처럼 아
른거렸다. 따뜻한 빛이 언니에게서 흘러나왔
다. 언니가 내 머리를 쓰다듬으며 속삭였다.

"고마워."

"나도 고마워, 언니."

언니 덕분에 많은 것을 알게 되었다. 내가 모
르는 세상이 있고 누군가를 향한 마음은 죽어
도 사라지지 않는다는 것을. 그리고 마음을 전
하는 일은 약점이 아니라 힘이 될 수 있다는
사실도.

나는 엄마와 아빠 사이에서 그 나이 때 할
수 있는 최선을 다했다. 아무것도 바꿀 수 없

었지만 괜찮다. 그때 소리치지 않았다면 어땠을까. 엄마를 말리지 않은 나를 자책하며 계속 후회하지 않았을까.

엄마에게도 말할 수 없는 마음이 있었을지 모른다. 세상에는 거절할 수밖에 없는 부탁도 있는 법이니까.

극장 밖으로 나오자 언니가 한층 투명해졌다. 나는 어찌하지 못하고 발만 동동 굴렀다. 언니가 장난스러운 미소를 지었다.

"내가 가는 게 아쉬워?"

나는 잡히지 않는 언니의 팔을 잡으려고 애썼다. 언니가 따뜻한 눈으로 나를 보았다. 눈빛과 달리 무척 서늘한 기운이 나를 감쌌다. 언니가 조곤조곤한 목소리로 설명했다.

"오래 붙어 있으면 너에게 좋지 않아. 우린, 서로 있을 곳이 달라."

이렇게 마음대로 왔다가 간다고? 나는 언니가 원망스러웠다. 언니는 흐려지는 와중에도 나를 토닥였다.

"너를 만나서 참 좋았어. 너도 함께 이야기할 친구를 만나게 될 거야."

맑은 소리와 함께 언니는 별빛처럼 공기로 흩어졌다. 오늘은 언니의 팡파르가 울리는 날이었다. 본진 공연을 보고 팬심까지 전했으니 완벽한 마무리가 되었을 것이다.

내 팡파르도 힘차게 울렸다. 마음을 표현하는 것은 나를 위한 일이기도 했다. 주희 언니처럼 쉽지만은 않겠지만 미리 입 다물고 포기

하는 최시은은 이제 없다. 본진 앞에서 당당하게 덕밍아웃까지 했으니 더는 바랄 것도 없었다.

"언니, 안녕."

나는 언니가 사라진 곳을 향해 낮은 소리로 인사를 보냈다. 비록 대극장 1열이 기약 없어진 것은 슬프지만 언니 부탁을 들어주길 정말 잘했다.

전철을 기다리면서 인스타그램에 접속했다. 캐스팅보드를 올리려는 순간 메시지가 왔다. 조유민이다.

'팡파르가 울리는 날' 공연 좋다던데 넌 어땠어?

평가는 개인적인 감상일 뿐이라 직접 보고 판단하라고 답을 하려는데 주희 언니의 목소리가 마음을 건드렸다.

'좋아한다고 말하는 게 어때서.'

나는 망설이다 답을 했다.

나는 여러 번 볼 만큼 좋았어. 같이 볼래? 나 강이빈 팬이야.

내 안에 꼭꼭 잠겨 있던 소리가 터져 나왔다.

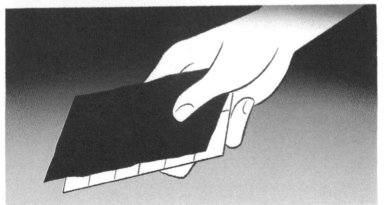

좋아하는 일을 소재로 삼는 건 어렵다. 좋아하는 만큼 조심스럽고 이미 오래되어 익숙해진 일상을 어떻게 써야 할지 알 수 없기 때문이다.

그러던 어느 날, 극장에서 교복을 입은 고등학생을 보았다. 가방을 뒤져 재관람 카드에 도장을 받는 모습에서 나의 과거를 만난 느낌이었다. 그때 시은이가 내 마음에 들어왔다.

시은이 또래였던 시절, 난 어차피 이해받지 못할 마음을 말하는 것은 무의미하다고 생각했고 당연한 일을 굳이 설명해야 하는 사람과는 만나지 않는 편이 좋다고 믿었다. 외로움을 택했던 그때와 지금까지도 뮤지컬을 좋아하는 내 마음은 여전히 맞물려 있다.

아무렇게나 평가하는 말들에 상처받기 싫어서 자신을 드러내지 않는 친구들에게 이 책이 위로와 응원이 되었으면 좋겠다.

이해받지 못하고 표현할 엄두가 나지 않아 외딴섬이 된 기분이 들 때 멀리서 보내는 내 마음이 여러분에게 잔물결처럼 닿기를 바란다.

최상아

독고독락

재관람 카드의 비밀

2023년 8월 25일 1판 1쇄

글
최상아

그림
이윤희

편집
김태희 장슬기 윤설희 최경후 이여름

디자인
김효진

제작
박홍기

마케팅
이병규 이민정 최다은 강효원

홍보
조민희

인쇄
천일문화사

제책
J&D바인텍

펴낸이
강맑실

펴낸곳
(주)사계절출판사

등록
제406-2003-034호

주소
(우)10881 경기도 파주시 회동길 252

전화
031)955-8588, 8558

전송
마케팅부 031)955-8595, 편집부 031)955-8596

홈페이지
www.sakyejul.net

전자우편
literature@sakyejul.com

인스타그램
instagram.com/sakyejul_teen

ⓒ 최상아 2023

값은 뒤표지에 적혀 있습니다. 잘못 만든 책은 구입하신 서점에서 바꾸어 드립니다.
사계절출판사는 성장의 의미를 생각합니다.
사계절출판사는 독자 여러분의 의견에 늘 귀 기울이고 있습니다.
이 책은 저작권법에 따라 보호받는 저작물이므로 무단전재와 복제를 금합니다.

ISBN 979-11-6981-156-9 44810
ISBN 979-11-6094-736-6 (세트)